작은 소리

경규민 시집

시음사
시사랑음악사랑

삶을 표현하는 시인 경규민

우리나라의 전통 시를 말하자면 누구나 다 아는 고시조(古時調)의 3 연시 형식을 시작으로 3·4조, 4·4조, 7·5조 등을 말한다. 지금 우리가 접할 수 있는 詩는 외형적인 정형성의 경향을 보이지 않고 한국어 맞춤법에 따라 문장의 흐름을 나열하는 것을 현대 詩, 자유 詩라고 표현하는데 이는 다른 말로는 형식적 특성을 지적할 어휘가 없기 때문일 것이다. 하루에도 수백 권의 詩集이 출간된다. 그 많은 작품집을 다 살펴볼 수는 없지만, 소수의 시집에서 현대 시라는 장르의 이름으로 잘못 지어지는 시들을 볼 수가 있다. 詩는 詩다워야 하는 말을 자주한다. 이는 요즘 詩라는 형식을 빌려 부족한 글을 발표하는 사례가 많기 때문이다. 잘 짜인 그러면서도 현대적인 엮음의 수법으로 詩의 본질을 넘어서지 않는 그런 작품집 한 권 손에 쥔다는 것은 문학을 좋아하는 사람이나 시를 쓰는 시인한테도 기쁜 일이기에 경규민 시인의 詩集 "작은 소리"를 추천한다.

경규민 시인의 작품 세계를 들여다보면 극히 서정적이면서도 교훈적이고 때로는 저항적이면서도 강력한 현실풍자 정신을 엿 볼 수가 있다. 詩의 형태를 잘 갖추고 그러면서도 깊이 있는 이미저리(imagery)의 표현방법이나 詩를 구성하는 요소들이 잘 나타냈다는 것은 그만큼 시인의 지적능력과 섬세함 그리면서도 사물을 대하는 감각(感覺)이 남다르기 때문일 것이다. 경규민 시인의 작품 세계에서는 죽은 것은 죽은 데로 동적(動的)인 것은 있는 그대로 그러면서도 살아 움직이는 것에는 생동감을 불어 넣어 시인이 표현할 수 있는 시적(詩的) 심상(心像)으로 잘 엮어져 있다. 경규민 시인의 詩集 "작은 소리"가 많은 독자와 문학을 사랑하는 문인에게도 많은 사랑 받기를 바라며, 추천할 수 있어 기쁜 마음이다.

사단법인 창작문학예술인협의회 이사장 김락호

시인의 말

모나고
거칠고
못생긴 돌들도
비바람을 맞으며
닦이고 다듬어지면서
예쁜 조약돌이 되듯

애정과 성원으로
때로는 따끔한 질책으로
독자 여러분께 가까이 다가가고 싶다
늘 소중한 인연으로 오래오래 남기를 바라면서,

친, 인척과 지인분들께 감사의 말씀을 전하며
우리 가족에게도 무한한 고마움을 가진다.

시인 경규민

목차

QR 코드 스마트폰으로 QR 코드를 스캔하면 시낭송을 감상할 수 있습니다.

제목 : 가을 유산
시낭송 : 박영애

제목 : 가을하늘
시낭송 : 박태임

목차

목차

목차

QR 코드   스마트폰으로 QR 코드를 스캔하면 시낭송을 감상할 수 있습니다.

제목 : 이웃집 동이 총각의 마음
시낭송 : 김지원

북한산

태고에 태어난 너는
희로애락의 용광로였나 보다

수 천도의 온도에서 쭉정이를 걸러내고
알곡만 챙기는

인내
침묵
너그러움을,

헤아릴 수 없는 긴긴 세월을
흔들림 없이

지켜왔구나
다스려왔구나.

수세미

갸름하고 뽀송뽀송한 얼굴에
날씬한 몸매
젊음이 준 선물인데,

쭈글쭈글하고 군데군데 난 검버섯에다
활처럼 휘어진 등허리는
영락없는 어머니 모습이다

뜨거운 물 찬물, 구정물까지도 마다치 않고
마지막 힘까지 소진하고야 마는
당신

안타까움과 아쉬움 사이에 서서
흐르는 세월도 가져가지 못하는
진한 삶을 보았다

삶의 참맛

여기저기 곳곳에 묻혀있는 삶들

태어나서는
각기 다른 색깔과 맛으로
크기도 깊이도 또한 다르게 커간다

일상(日常)에서
희로애락(喜怒哀樂)과 부딪치며
서로 밀고 당기면서 올곧게 철들어간다

늘 해 맑은 웃음으로 아침을 열고
사랑과 믿음으로 이웃 지기로 더불어 살아가면서
삶은 제맛이 들고 살찐다

농익은 과일처럼 감칠맛 나는 그 맛은
땀방울과 눈물이 어우러질 때
늘 우리 곁에 있다
삶의 참맛은,

가로등

분주하던 차 소리도 아스라해지고
사람들 발걸음도 뜸해지자
쓸쓸히
홀로 서 있는 골목 안 가로등

뒤늦게 지나던 중년 남자
다가와선 엉거주춤 기대선다.
손발 합작으로 매질하더니
부둥켜안고서는 실컷 넋두리하다
그것도 성에 차지 않는지
골목길이 좁다며
설익은 말(言語)들 떨어뜨리며 사라져 간다.

갖가지 많은 사연 품고서도
아무 일도 없었던 것처럼
내색 하나 없이
골목길을 촘촘히 비추고 서 있는 가로등
언제나 그랬듯이
이 밤도 마음 추슬러 보듬으며
서서히 안개 넘어 새벽으로 가고 있다.

반성(反省)

돌아보면 우린
참으로 긴 세월을
서로 눈 흘기며 부끄럽게 살아왔네
우리가 아닌
너와 나의 울타리에 굳게 빗장치고
기쁨보다 슬픔을
축복보다 분노를 마음속에 채우면서,

작은 아픔도 큰 기쁨도
서로가 마음속에 담는데 인색해 하며
너와 나 그렇게 살아왔네

마주 보며 두 손 덥석 잡고
피안 대소하며 등 두드려주던 우리가
언제부터
작은 상처들까지 쌀쌀맞게 바라보는
서먹한 사이가 되어
따듯한 봄바람이 손짓해도
한 번 닫힌 빗장 내내 풀지 못한 채
원망을 키워온 흔적들이
너와 나의 마음을 더욱 얼어붙게 했지

어느덧 반세기가 훨씬 지났는데,
이제
오랫동안 돌렸던 등 다시 돌려
놓았던 손 굳게 맞잡고
심장 소리가 함께 울리도록
따뜻하게 포옹해 보자
미움과 슬픔으로 덧난 상처 싸매고
서로의 아픔 보듬으며
너와 내가 아닌
우리가 되자 하나가 되자
옛날처럼,

옹고집

몇 번을 반복하다가
고개를 갸우뚱하고는
손바닥으로 땅을 두드리며
똑바로 가라고 달래보는
여섯 살배기 손자
그래도 "모르쇠"로 일관하는 게,
옆으로만 간다.

늘 가지런히 한곳에 놓인 할아버지 흰 고무신
한 가지 장맛으로 수십 년을 이어오신 할머니
매일매일 닦아 반질반질 윤이 나던
무쇠솥이며 장독들

어머니가 챙겨 주시는 우산을
몇 번씩이나 뿌리치고 학교 가던 날
톡톡히 그 대가를 치르며 집에 오자
치근한 표정으로
"쇠고집을 부리고 가더니" 하시며 혀를 차던 어머니 모습

손자가 갖다 준 아련한 작은 추억들이다

첫 번째 기적소리

멀리서 달려온 숨 가쁜 소리
아침을 깨우는 소리

칙칙 폭포 칙칙 폭포
뼈-엉

우리 동네 알람이었던 그 소리는
저 멀리
아주 먼 곳에서
항상 우리 곁에 있다

주방문이 스르르 열린다.

시대의 橫暴

두 팔 벌려 내린 산줄기로 울타리치고
오순도순 모여 살던 곳
피리 소리 따라 꼬불꼬불 오솔길을 내려가면
한 줄기 두 줄기 ---
물줄기들이 손잡고 모여 만든 시냇물
송사리 버들치가 바지를 적셔주고
둑을 넘나드는 방아깨비 메뚜기와 숨바꼭질하던 추억들은
호화로운 네온사인에 익숙지 않아
잔뜩 움츠리고 멀찌감치 물러서 있다

늘 이웃하며 마주치면서도
낯설은 이방인 바라보듯 힐끗거리며
아무렇지도 않게 日常에 묻혀 산다

이따금
설익은 소리를 뇌까리며
골목길이 좁게 집에 오면
뒤따라온 鄕愁가 냉큼 자리끼를 비운다
갈증이 찾아낸 샘물은
山體 같은 건물에 짓눌려 제자리 하지 못하고
무거운 어둠 속을 헤매고 있다

우리 집
단감나무는 굶주려 초라하게 서 있고
누렇게 말라버린 대나무는
나를 보자 나지막한 소리로 운다
울적한 마음이
이내 양 발목에 족쇄를 채운다

가물가물한 추억들
희미한 흔적들은
수년도 담보 받지 못한 채
시대에 끌려가고 있다

어머니

어둠이 조용히 밀려와 진을 치면
실비 흘러내리듯 마음속 방아를 돌립니다
앙금같이 재어 둔 슬픔 꺼내 찧고
그리움 잘게 빻아 흘려보내도
그리움은 빗장에 걸려 베갯잇을 적십니다
뒤 곁 장독대 위 달빛 내리면
예전과 진배없는 당신 모습인데
찬 이슬 내리고
밤새운 바늘 침이 새벽을 찔러도
문틈으로 보이는 건
밤새 지친 문풍지의 가냘픈 몸부림뿐,

당신은
찌든 베적삼 섶이 드르르 말려
보일 듯 감춰진 젖 망울도 아랑곳하지 않고
한여름 억새도 견뎌 냈습니다
뺨을 에어낼 듯한 바람이
저고리 속을 마구 헤집고 들어와도
사흘이 멀다 하고
빨래터에서 수 시간씩 보내는 것이 십상이었지만
그래도 至難한 세월을 숙명으로 여겼던 당신

지금 당신의 잔잔한 미소가
천둥소리로 다가와 나를 일으켜 세웁니다
당신의 향기가
큰 나무 그늘이 되어 나를 휘감습니다
흰 겨울 매화 같은 수많은 시간을
명주 수건에 살포시 싸서 가슴에 품고
당신이 그리울 때마다
두레상 한가운데 펼치렵니다

내 마음을 늘 채우는 당신은
어머니입니다

아름다운 降伏

물속에서 몇 번을 허우적대다가
뒤 곁에 걸린 외줄을 타며
두려움에
구슬 같은 눈물방울을 뚝뚝 떨군다

오전 내 햇볕과 속삭이더니 살결이 더 하얘졌다

아니나 다르랴
한낮이 겨워 대청마루로 끌려온다
할머니와 어머니는
거미줄 같이 얽히고설킨 주름살을 펴느라
밀고 당기고 용을 쓰다가
옹고집을 혼 내줄 모양이다

한 번 접고 두 번 접고 몇 번을 접어서
긴 네모모양을 만들어 다듬잇돌에 얹혀 놓는다
뚝딱 똑딱--
안채에 방망이 소리가 가득해
매미 소리도 묻혀 버린다

얼마나 지났을까, 드디어
반반하다
반질반질하다
하얗다
물을 부으면 모두 방울 되어 도르르 구를 것만 같다

울타리를 넘나들며 길게 나부낀다
백옥같이 빛난다
모든 항복이 추한 것만은 아니라고 항변하듯,

잠자리 나비들이 축하공연을 벌이고 있다

샘터

해님이 쉬어가고
달님도 기웃대며
바람이 실 물결 그리는

유리같이 맑은 물

아지랑이 찾아오면
햇살이 모여들어 속삭이고
더위가 무겁게 내려앉아 긴 자리 펴면
오가는 이 분주히 땀 씻어주며
산들이 알록달록 울긋불긋 물들면
단풍잎 한두 쌍이 유유히 떠 놀고
흰 세상 만들려고 먼 길 온 손님
모락모락 숨소리로 사양하는

수정같이 맑은 물

숨어버린
뚝딱뚝딱 빨랫방망이 소리
수다와 엮여
아련히 다가온다.

야광조끼

간밤에 흘린 餘痕(여흔)들을
말끔히 지우는 모습이
샛별처럼 빛난다

어둠 속에서 더욱 번득인다

여명을 부르는 손짓
하루를 여는 희망 빛

새벽길을 밝힌다.

꽃가마가 머무는 곳

집 주위를 둘러보던 꽃가마가 너울거린다

못내 아쉬워
반질대는 대청마루에 걸레질하고
부뚜막 무쇠솥에 윤기를 더 내고서
뒤 곁 쪽문을 열고 나와 장독에 손맛을 더하더니
앵두나무에 붉게 익은 사랑만 소복하게 매달아 놓고는
정을 툭툭 털어
반닫이에 고이 감춰 뒀던 황금 옷에 꼭꼭 싸서 보듬고 간다

무성한 잡초가 좌우로 길을 열며
"이제 가면 언제 오나?" 큰절하고
지난 비에 웃자란 장미꽃도
울타리에 턱을 괴고 눈물을 떨군다
"한 번 가면 못 올 길을" 한 옥타브 높아진 조종소리에
살아있는 슬픔이 뒤엉켜 길게 뒤따른다
산자락에 일군 밭에 남은 정 챙겨 묻고
작은 도랑 건너 마을 모퉁이에서
눈물 훔치는 동네 할머니들과 두루 작별인사한 후
짧은 길을 멀리 돌아
발자국들이 배어있는 오솔길을 굽이굽이 따라가다
꽃가마가 사뿐히 내려앉은 곳

종착역이다
환승역이다
출발역이다
幽宅으로 가는 길만이 있는,

포장마차

전등불 몇 개가 힘겹게 지붕을 받치고 있다
영역 표시도 없이 옹기종기 모여앉아 토론한다.
손뼉 치며 껄껄대며 명쾌하게 진행하는 그룹
결론이 덫에 걸린 듯 머리에 손을 얹고
해법에 골몰하고 있는 그룹
경계선을 심히 넘는 삿대질과 큰소리에
주최 측으로부터 지적을 받는 그룹
어깨를 살포시 감싸며 사랑의 불씨를 살리려는 그룹
다양하다

주최 측
하얀 미니 가운을 앞에 두르고
스카프로 머리를 마음껏 뽐낸 중년 여인
꽤 수완이 좋다
개장한 지 1~2시간이면 늘 만원이다
예약도 요구치 않고 시간도 자르지 않는다.
빈자리는 언제나 내 자리요 당신 자리다
토론이 끝나고 출입문을 나서면
갇혔던 희미한 불빛이 길게 호흡하며 배웅한다.

子時를 훨씬 넘긴 시간
흐지부지한 토론만이 남아있는 자리
술병이 즐비하고
전등불도 술에 취해 졸음에 겨워할 즈음
주최 측은 예정대로 폐회를 선언한다.

희로애락을 정제하여
내일의 지표를 알려주고
인생의 나이테에 방점을 더해주는 포장마차
자리만 달랑 남겨 둔 채
짙은 어둠 속에 묻혀버리자
주위를 맴돌던 여운이
아쉬움으로 남아 그 자리를 굳게 지킨다.

가을 遺産(유산)

텃밭 고춧잎 호박잎들이
밤새 내린 서리에 주눅이 들고
한없이 높고 푸른 하늘에선
금세라도 朔風(삭풍)이 쏟아질 것만 같다

몸부림에 지쳐 떨어진 낙엽들이
바싹 오그라든 채
바람에 이리저리 나뒹굴려
오가는 사람들의 발길에 무심히 치이고 밟힌다.

넉넉하던 들녘엔
이따금
이름 모를 철새들이 오가며
그나마 남아있는 가을을 쪼아간다

밤새 처량하게 울어대는 귀뚜라미 소리
허한 가슴 만들어 놓고는
자꾸 못질을 해대는 바람에
부질없이 하얗게 밤을 지새운다.

제목 : 가을 유산
시낭송 : 박영애
스마트폰으로 QR 코드를 스캔하면
시낭송을 감상할 수 있습니다.

가을하늘

누가 이렇게
깨끗이 청소를 했을까
누가 이렇게도
곱다랗게 파란색으로 물들여 놓았을까

세 살배기 아기의 마음
백조를 기다리는 호수의 마음
다 출가시킨 어머니 마음

가을 하늘아
너를 바라보며
숨 쉬는 것조차 민망스럽구나

네 마음이 되고 싶다
너를 닮고 싶다
가을 하늘아

제목 : 가을하늘
시낭송 : 박태임
스마트폰으로 QR 코드를 스캔하면
시낭송을 감상할 수 있습니다.

일란성 쌍둥이

놈들은 옹고집으로 똘똘 뭉쳐있다
서로 다투면서도 울고 웃고 늘 함께하는 놈들이다

놈은
가끔 나를 시험하며 어려움에 부닥치게 하고
어느 때는 염탐하려 든다
지나친 자존심으로
감정을 앞세워 내 대기를 좋아하지만
식식대다 제풀에 죽어 주저앉기 일쑤다
싫어하고 구박해도 막무가내다
영락없는 찰거머리다
그래도 놈은 뉘우치는 기색이 있고 더러는 반성도 하는
이쁜 구석도 있다

한 놈은
근면하고 정의롭다
타협적이고
배려할 줄도 안다
때로는 끈질긴 인내력을 발휘한다
귀찮다 싶게
나를 다잡아 주며 늘 따라 다닌다
철석같이 믿는 놈이라 딴생각은 아예 할 수 없는 처지다

놈들은 한날한시에 태어난 일란성 쌍둥이다
항상 내 몸 안에서 기생하고 있다
나와는 숙명적 만남이다
얼마 전엔
흡연 문제로 티격태격 시비 끝에
금연하는 것으로 결판이 났다
역시 正의 승리였다.

철부지 아이들

학교 정문 앞 100여 미터 지점
늘 병목 현상을 불러온다
어린이들이 여기저기서
이 골목 저 골목에서 꾸역꾸역 모여든다
엄마 손에 끌려
할머니 손을 잡고
쫄래쫄래 조잘대며 2차선 양 가로 밀려온다

느닷없이
한 어린이가 할머니 손을 뿌리치고
건너편으로 쌩하니 달려간다
휴 –
가까스로 차는 멈춰 섰다
어린이는 힐끗 한번 쳐다보더니
별일 아닌 듯 천연덕스럽게
한 어린이 손을 빼앗아 잡고는, 짝꿍인 듯
여타의 어린이들과 뭉쳐가고 있다

할머니의 허공 젖는 손짓과 그 어린이 모습을 뒤로하고는
조심스레 등굣길을 빠져나왔다
아이들은 럭비공
아이들은 럭비공 하면서,

어느 풋내기 시인의 초상화

뒤적거리며 오지 않는 잠을 달랜지 한 시간여
무언가
올 것 같은
찾을 것 같은 생각에
슬며시 일어나 서재 문을 연다

깊은 잠에 취해있던 어둠이
순식간에 흔적도 없이 사라진다

몇 줄도 채 타자하지 못했는데
詩想엔 어두운 장막이 드리우고
시구(詩句)는 짙은 안갯속에 묻힌다

빈 망태기 울러 메고 가는 사색의 旅路
쪽배 되어 구름 덩이 싣고 가는 그믐달

새벽을 깨운다

오솔길의 추억

빛바랜 나뭇잎들이
가을의 끝자락에 매달려 있다
이따금 부는 바람이 심술궂다

들국화 한 송이
수줍음도 부끄럼도 잊은 듯
듬성듬성 남아있는 잎 새 하나 떨구며 반긴다.

바바리코트 깃 높이 세우고
예쁜 낙엽 주워 입가에 대주며
팔짱 나눠 끼고 거닐던 오솔길
알록달록 고은 양탄자가 깔렸다

나지막한 산마루에 걸터앉아
간신히 가을을 붙잡고 있는데
바람 가듯 누군가
살며시 어깨에 손을 내려놓는다
그 손 달아날까 슬며시 잡고 돌아보니
옛 추억의 그 여인
낯익은 미소로 내 곁에 앉는다
수십 년을 함께 했어도 아깝고
볼수록 내 마음을 당기는
은은한 가을 멋의 그 여인

그 오솔길을 따라 걸었다
추억을 찾아가며,

마른 잎의 절규

겨울의 문턱에서
잔뜩 움츠리고 있는 앙상한 가지 끝에

누렇게 말라버린
낡은 잎 몇 장이 철석같이 붙어있다

한 시절
이렇게
온몸이 쇠진되도록
열렬히 사랑했노라고
아름다운 사랑을 했노라고

바르르 떨며 절규한다

메아리도 없는데

새벽 데이트

기웃거리는 이 있어
창문을 스르르 열고 보니
기다리던 임이었다

온통 새 세상 만들어 놓았다

말없이 마을 공원 함께 거닐었다
들릴 듯 말듯 아까운 발걸음 소리

정결하다
아늑하다
관대하다
고상이다

새 생명을 위해 폭신하게 겨울을 덮어 놓고는
슬며시 떠나갔다
이 아침에,

곱슬머리

태어날 때부터 곱슬머리다
엄마가 그랬고 동생도 그랬다
집안 내력인가
게다가
화냥기를 갖고 태어났는지
사지를 묶고 아예 세상 구경도 못하게 가림막을 둘러놨다
그저, 가면 가고 오면 오는 하찮은 인생

오늘일까? 내일일까
점심일까? 저녁일까
주방 후미진 곳에서 반듯이 앉아있다
은근히 주빈으로 초대받기를 바라면서,

긴긴밤 출출함을 달래기 위해
자주 찾아오는 학생이 행여나 지나칠까
귀 쫑긋이 세우고 마음 졸이며 기다리고 있다

펄펄 끓는 물 속에서
온몸을 녹초로 만드는 호된 고통을
기꺼이 감내하다
잠깐의 풋사랑에
입맞춤만 남겨놓고는 영영 가고 마는 것을,

지질히도 못난 팔자
참삶의 인생
끓는 물 속에서 용해된다

등산

日常을 탈출하여
산에 오른다

山 體가
몸뚱이를 치받치고 있다
하늘을 한 아름 안았다
먼발치에
옹기종기 모여 있는 삶들

승리의 쾌감
自我의 재발견
배낭에 꼭꼭 챙겨 쌓아 메고
뭇 사연 묻혀있는 등산로
내 발자국 심으며
조심조심 내려왔다

서쪽 하늘에 노을이 깃든다

단막극

구름 한 덩이
볼륨 풍만 가슴 드러내고
올망졸망 아기들과 떠간다

뒤쫓던 집채만 한 구름이 꿀꺽 삼키고
큰 마른기침 몇 번 하고는
이내 풍비박산되어 물 보(洑)를 터트린다

햇볕이 얼굴 삐쭉 내밀고 온기를 사방에 흘리더니
어느새
바람이 어둠을 섞어 눈비를 뿌린다
을씨년스럽다

슬그머니
서쪽 하늘이 붉게 물들어 간다

불과 몇 시간 사이
난,
變化無雙하고
희로애락이 點綴되는
단막극을 보았다 인생과도 같은,

청마 타고 온 님에게

60년을
쉴 새 없이 靑馬타고 달려와
거대한 산을 붉은 열기 뿜으며 밀치고 오르는
너의 장엄한 그 기상
삼라만상까지 고요함으로 너를 맞는다

너를 鶴首苦待하며 기다렸지
저마다 크고 작은 희망 주머니 품고서,

돈을 많이 벌고 싶은 것도 아니야
부귀영화를 누려보자는 것은 더욱 아니야

가족과 함께하며 웃음으로 살아가고
친구들과 우정 변치 말고
이웃과는 정담 나누며
늘 이웃 지기로 살았으면 하는 바람이지

모두가
크든 작든
제 일에 전념했으면 하는 마음이고,

60년 만에 만난 우리
1년은 너무 짧겠지만
수천 년 못지않게 살았으면 좋겠어.
알알이 열매 맺어
영원히 기억되도록 말이야

산천어 축제

넓은 빙판 위
셀 수 없이 많이 뚫어 놓은 지름 10cm가량의 구멍들
남녀노소 할 것 없이, 저마다
알록달록 가짜 미끼가 달린 낚시를 집어넣고는
상하좌우로 연신 흔들어댄다

입에 달듯 말 듯한 미끼
약이 오른 산천어
동정을 살피다 덥석 물어 챈다

묵직한 촉감
낚시를 끌어낸다.
좋다고 손뼉 치는 손자 놈
빙판에 내동댕이쳐진 산천어 속았다고 펄펄 뛴다

축제장 주위를 에워싸고 있는
향토음식들이며 풍물들이
서로 끌고 당기는 바람에 오가는 길이 무척이나 좁다

수십 미터 앞에선
찬물에 들어가
산천어를 직접 손으로 잡는 이벤트가 열리고 있다
외국인도 몇 명 보인다
"잡았다." 외치는 소리는 추위를 확 가시게 한다
오늘 축제의 골던 벨이었다.

작은 雪國 (설국)

은빛이 명멸하는 눈밭에 숨어
토끼 한 쌍 정답게 입맞춤하다
나를 보고 부끄러워 줄행랑 놓네

봄을 품은 가지 위에
조용히 찾은 소복한 눈꽃 손님
떠날까 봐 살며시 잡은 모습 너무도 애처롭네.

멀찌감치 산자락엔
눈 속에 묻힌 작은집들 숨소리
굴뚝 타고 너울너울 하늘로 흩어진다

쓸어 만든 얼음판 길
썰매 기차 빙빙 돌며 칙칙 폭포
옆에선 눈사람도 시켜 달라 애원하네.

玉廣木에 곱게 수놓은 한 폭의 그림
멀리서 다가오는
어릴 적 우리 동네 모습일세.

아침 따라잡기

알람이 한 번 혼나더니 잠잠하다
벗겨진 이불을 잔뜩 끌어올린다.
포근하고 아늑한 어릴 적 엄마의 품이다

뭉그적거리고 있는데
어느 틈에
붉은 화살이 창을 뚫고 뺨을 스쳐 지난다

마지못해 이불 속의 미련을 떨쳐버리고
용수철 탄력처럼 반사적으로 일어나
두 손으로 머리를 북 북 긁으며
거르지 않고 뱉는 말
이고 지겨워! 미치겠네!!!

들락날락 왔다 갔다 허둥지둥
전쟁의 시작이다
빵 한쪽 입에 넣고
양말 삐뚜로 신고
물 한 모금 마시고는
현관문을 박차고 헐레벌떡 전철역으로 달린다

한바탕 홍역을 치르고 간신이 따라잡은 아침
죄 없는 알람을 구타하고
지나는 시간을 홀대한 原罪보다
몇 배 힘든 큰 대가를 치렀다

늘 더 머물러주기를 바라는 아침은
전혀 아랑곳하지 않고
언제나 묵묵히 주어진 제 길을 간다

교대(交代)

장미꽃 한 송이
울타리에 턱을 괸 채 기대 서 있다
성급히 달려온 코스모스가
숨 고르며 길가에서 하늘하늘 춤추고 있는데
고추잠자리 한 쌍이 분주히 주위를 서성인다

매미가 목쉰 소리 몇 마디를 매달아 놓고 간 버드나무는
붉게 달구어가는 고추 멍석을 비켜서 있고
먼발치 들판이 뙤약볕에 서서히 물들어 간다
아침저녁은 가을이 차지하고
한낮은 여름이 끌어안고 있다

이렇게 계절은
밀고 당기면서
늘 나눔과 아쉬움을 주고받으며
넌지시 새 옷으로 갈아입는다.

누님 여!!

두레상이 겸연쩍다고 부뚜막에 걸터앉아
짠지 서너 쪽을 몇 가지 반찬으로 치부(置簿)하고
엄지 검지와 함께 넣어 쪽쪽 빨며
구미 당기게 밥을 먹던 누나

무쇠솥 반질반질 윤내고 놋그릇 환하게 광내며
부지깽이에 시름 걸어 아궁이에 훨훨 불태우던 누나
至難한 삶도 의당(宜當) 樂으로 알고
부엌살림 옹골지게 꾸려가다
연지 곤지 찍고 족두리 쓰고 시집가던 날
훌훌 털고 홀쩍 떠나버릴 만도 한데
곳곳에 묻어 있는 흔적 눈물로 씻어내며 떠나던 누나

불현듯 보고 싶어
기별도 없이 不遠 千里 찾아갔더니
한복 화사하게 차려입고
내 두 손 꼭 옥 잡고 어쩐지 꿈에 보였다며
뜨겁게 포옹하며 반기는데
곱던 얼굴엔 지난 삶이 여실히 그려져 있고
머리 곱게 빗어 내린 모습은
어느새 익숙한 할머니 모습이라

누님이여! 건강 하세요!!! 내 또 오리다
베란다 난간을 잡고 손 흔드는 누나
안 보일 때까지 손을 흔들었다 나도,

49

돌부리

집으로 오가는 牛馬차 작은 길에
늘 밟히고 치이는
넙데데한 얼굴 비죽 내민 돌부리 하나 있다

수십 년, 수백 년
아니
수 천 년 일지도 모를 긴긴 세월
이루 말할 수 없는 고통과
형형색색 갖은 질책들을
무던히도 참아낸 네 심성이
가시밭 같은 모진 세월을 끄떡없이 이겨 냈구나

오늘도
가만히 너를 밟고 지나면서
인생을 읽는다.
삶의 지혜를 찾는다.

큰 나무 하나 심으리라

봄이 오면 일찌감치
열두 장 떡잎 달린
큰 나무 하나 심으리라
떡잎마다 소복이 열매들이 맺혀있는 나무를

다달이
계절마다
옹골차게 영글도록 정성 들여 가꾸어
가을이 노을 질 때
푹신한 양탄자 깔아놓고 조심스레 따 내려
곳간에 차곡차곡 재어두고
이따금 꺼내 두레상에 펼치리라

얼마는 시집간 딸에게 보내주고
이웃 친구들에게도 나누어 주고,

한 장 남은 떡잎엔
지난 일들 형형색색 구슬에 꿰어 달고
오는 새해 맞으리라

봄이 오면 일찌감치
큰 나무 하나 심으리라

밤을 태우는 남자

후~ 내 품는 담배 연기
주위를 맴돌다 바람 쫓아 흩어진다.

희미한 외등 하나 벗 삼아
등나무 밑 구석 벤치에 기대앉아
연신 담배를 피워대는 중년 남자

쪼그려 앉아 양팔 사이로 얼굴 깊게 묻고 있다가
불현듯 일어나
다시 피워 물고는 주위를 서성인다

벌써
모아 논 담배꽁초가 수북한데

누가 저리도 불을 집히게 했을까
무엇이 저렇게 속을 타게 하는 걸까

시름없이 떠가는 구름 보며 길게 내 품고
별 중의 별 찾아 들이마시며
노란 쪽배 보며 한숨과 함께 실어 보낸다

단지가 침묵에 쌓인 지 꽤 오래되었는데
아마도
밤마저 하얗게 태우려나 보다

옹골지게
새벽을 잡으려는 걸까

슬레이트집의 침묵

낮은 산모퉁이
휘우듬한 슬레이트집 주위엔
말라버린 잡초 나뭇가지들이 마구 널브러져 있다

부서져 내려앉은 부뚜막과
나뒹구는 몽당부지깽이는
부엌의 꼬리표를 간신히 안고 있고
온갖 벌레들의 먹이가 되어
울퉁불퉁 움푹움푹 흉상인 기둥은
나날이 쇠진해 가는 것도 모르는 체
멍하니 기우뚱 서 있다

덕지덕지 붙어 있는 누추함과
곳곳에 늘어진 남루함은
덧없이 흐른 세월에
밤낮없이 시위를 벌이고 있다

운명의 가시고기처럼
가누기조차 힘든 만신창이의 몸으로
집안 내력을 품고 앉아
행여나 돌아올까 기다리며
허무한 세상을 힘겹게 치받히고 있는
슬레이트집 하나

행복을 떠나보낸 희생양인가
가난이 대물림한 유산인가
시대가 낳은 부산물인가

침묵, 침묵
침묵(沈黙)만이 진(陣)을 치고 있다

텃세

트리플 러츠
더블 악셀-더블 토루프-더블 루프 콤비네이션 점프
트리플 살코
실수 없이 깔끔하고 우아하게 해냈다
너무도 멋진 연기
박수갈채 감탄 환호성이 경기장 안을 꽉 꽉 메웠다
숨이 막히도록,
피겨의 여왕 김연아의 고별 무대
두 손 번쩍 들어 펜들에 일일이 답한다.

갑자기
꽉 메웠던 그 열기가
웅성웅성 박수 소리 환호성 야유 등으로 뒤죽박죽이다
우려가 현실로 탈바꿈하는 순간이다
애써 눈물을 감추고 두 손 들어 미소로 답하며
당당하게 경기장을 나서는 김연아
뜨거운 열기를 가슴에 안고서,
매너 역시 금메달감이었다.

금메달보다 몇 배 더 값진 은메달
현지에서나
TV를 지켜본 세계 각국의 모든 사람은
소트니코바 칼날보다 김연아 것이 한층 빛났다는 것을
보았으리라
가슴에 각인되었으리라
"진정 피겨의 여왕은 김연아 당신"이라고,
피겨 스케이팅 역사에
삐뚜로 찍힌 방점으로 영원히 남을 것이라고,

물꼬가 트였으면

위로에 인색하고
우리가 아닌
서로의 가슴에 응어리만 남기면서도
오늘일까 내일일까
무던히도 기다려 온 긴 세월

전에도 그랬지만
이번에는 예와 달리
휘몰아칠 것 같은 폭풍전야(暴風前夜)로 며칠을
혹시나 하는 불안감으로 지샜는데
애국심이요 평상심이요, 원칙과 소신이 어우러져
한 가닥 빛줄기로 다가와 조였던 가슴을 풀었다

우선은
만날 날을 고대하는 이들에게
잊은 세월 찾아주어
얼싸안은 환희의 눈물이
우리로 하나 되게 물꼬를 트게 하고

그리고는
따사한 봄바람 불어
여기저기 파릇파릇 새싹 돋고 꽃피어나게 해
그 향기 널리 퍼져
곳곳에 흠뻑 스며들었으면 좋겠다

아예 이참에
닫혔던 빗장 활짝 열어젖히고
돌렸던 등 다시 돌려
서로서로 손잡고 덩실덩실 춤추는
그런 날이 왔으면 좋겠다.
어서 왔으면 좋겠다.

우산

온몸이 묶인 채로
후미진 곳에서
가슴 조이며 애타게 기다리던 외출 날은
늘 컴컴하게 흐린 날 그리고
비 오는 날이다

스스럼없이
조였던 가슴 활짝 열어젖히고는
온몸으로 비바람에 맞선다
세차게 퍼부어라
더 세게,
그렇게라도 해야 닫혔던 가슴이 풀릴 것만 같다

지금 이 몸부림은
기쁨에 대한 타고난 끼의 발산이요
쌓였던 답답함을 털어내는 춤사위다

다시금
외진 곳에서 지내야 하는 내게
비바람에 섞여 떨어지는
두 가닥 눈물

아
어울려 퍼져가는 雨中의 멜로디

늘 이렇게
비오는 날이면 좋겠다 내겐,

내 맘속의 낙엽

지난봄 심은
옥상 화분에 방울토마토 나무 두 그루
졸망졸망 달린 토마토가 빨갛게 익어간다
어제도 오늘도,

손주들이
시도 때도 없이 뻔질나게 옥상 문을 드나들며
화분주위를 이리저리 기웃대며
토마토를 따는 모습은 차라리 아까운 한 폭의 그림이다

그렇던 놈들이
점점 발길이 뜸해지더니
며칠 사이 아예 보이질 않는다

가만히 들여다보니
벌써 끝물인지 양분이 소진되었는지
주접이 들어 트고 쪼그라들고 빛깔도 불그죽죽하다
내일은 동네 화원에 가서 처방전을 받아와야 할지,

솎아 따내고는 물을 주고 있는데
어느새
내 마음속에 있는 단풍이
한 잎 두 잎 떨어지고 있었다.

밤에 피는 꽃

무더위도 무릅쓰고
예쁜 대롱 만들어 얼굴 숨기기를 며칠
서산 넘어 해가 뚝 떨어지자
살며시 수줍음을 거둬내는 모습은
천연 갓 시집온 새색시다

점점 활짝 드러낸 화사한 얼굴
놀란 별들이 사방에서 번쩍이고
쪽배 탄 새 구름 손 흔들고 머뭇대며 지난다
찾아온 실바람 선뜻 가지 못한 채
살랑살랑 주위를 맴돌고 있는데

수정 같은 찬이슬 도르르 이리저리 굴리며
정갈하게 치장하고는
몸 옴츠려 해 앞에 고개 숙이는 너
두려워 그러는지
수줍음 때문인지
그저 징표로 粉 씨만 남겨놓고 먼 길을 가고야 마는구나!

가정용 로켓

곤히 잠자는 손녀를 공격하려는 순간
기다렸다는 듯
가차 없이 발사되는 작은 로켓
외마디 비명을 지르며 거실 바닥으로 떨어지자마자
허연 휴지로 염을 하고는 수장시킨다.

많은 시간을 골몰한 끝에 침입했을 텐데
그 결과는
그저 난감한 죽음뿐이었다

오붓하고 단란한 가정에
주인 몰래 들어와 분란을 일으키고
게다가
침실을 염탐하고 잠자리까지 훼방 놓는 자들

내 가정 내 식구를 지키려고
올여름도 작은 로켓으로 든든히 예비하고 있다
쏴 --- 품어내는
작은 로켓을,

용두암

주름 사이사이마다 엉겨 붙은 파르스름한 이끼며
움푹움푹 패인 형상이
고단한 삶을 말해준다

먼저 간임을 기다리다 방부석이 된 줄 알았는데,
그렇게도 옥구슬에 탐이 났던 것이냐
승천이 그리도 쉽게 되는 줄 알았더냐
오가는 이들이 가뜩이나 허한 네 가슴에
염장을 지르고
갈매기도 비웃듯
외마디 소리를 던지고 가는구나

긴 긴 세월
흘린 눈물이 앞바다를 이루고
끓어 나오는 한숨 소리가 거센 풍랑을 일으켜
광대뼈만 앙상하게 불거져 있는데.
얼마만큼 더 기다려야 용서받을 수 있을까
은빛 구름이 봉우리를 감싸고 있는 한라산
오늘도 용두암은
읊조리며 석고대죄하고 있다.

돌 하나 던집니다

방죽에 돌 하나 던집니다
잔잔한 그녀 가슴에
파문을 일으키려는 것이 아닙니다
멍들게 하려는 것은 더욱이 아닙니다

돌 하나 던지는 것은 그녀의
살포시 웃음 품은 동그란 얼굴이 떠올라서입니다
촉촉이 젖은 수정 같은 눈망울이 아른거려서입니다
둥글게 널리 퍼져가는 나지막한 목소리가 귓전을 맴돌아서입니다

언제까지 이곳에 나와야 하는지 나로서도 알 수가 없습니다
지척에 있고
산책하기에 안성맞춤이기도 하지만
그보다는
아직도 가슴속 한편에 다소곳이 그리움으로 남아
이따금 콩 콩 콩 방아질을 해 대기 때문입니다

오늘도 방죽에 나와 돌 하나 던집니다.

곳간 열쇠

어릴 적
할머니 치맛자락 당기며 칭얼대면
꽁꽁 묶은 꽃 주머니 허리춤에서 꺼내 풀고는
큼지막한 황금빛 열쇠로 곳간 문 열어
넌지시 감이며 밤이며 꺼내 주시던 할머니

내가 내 할머니에게 그랬듯
우리 손주들 자랄 때 투정부려대면
할머니인 집사람도 똑같이
곳간 문을 따고 이것저것 간식거리를 챙겨주었다

열쇠를 넘겨달라고 어리광 섞인 어조로 졸라대던 집사람
좀 더 기다리라던 어머니의 온후한 모습이
어렴풋이 정겨운 추억으로 다가온다

시대를 면면히 이어져 오며
안주인으로서 할머니 어머니 자존심의 증표로 여겼던,
시집온 여인들의 내력이 짙게 물들어 빛나던 그 열쇠

지금은
장롱 속 반짇고리에 길게 누워
지난 긴긴 세월 보듬어 안고는
기약도 없이 무던하게
내일로 이끌려가고 있다

백암산

계곡마다 비단결 같은 물안개가 서서히 피어올라
넓은 호수며 강이 되더니
어느새 태산을 삼키고 바다를 이뤘다
사방이 아득한 수평선으로 둘러싸인 그 중심에 서 있다
위로 솟아오를 것 같은데 그 자리
물속으로 잠겨 버릴듯한데 같은 자리
茫茫大海를 홀로 떠가는 기분 無我之境이다

아침 햇살이 길게 기지개 켜고 飛上하자
썰물처럼 빠지면서 꼬리를 감춘다
자아를 찾았다
먼발치에 여전히 전방만을 주시하는 초병이 보인다
이름 모를 새들이 정답게 이야기 나누더니
큰 소리 몇 마디를 떨어뜨리고는 어디론가 사라진다
옛 선배 전우들의 영혼이 울부짖는 소리로 다가와
가슴 한쪽에 철석같이 달라붙는다.

땀으로 얼룩진 푸른 제복에서 풍기는
퀴퀴한 냄새도 아랑곳하지 않고
높고 낮은 계곡이며 산 곳곳을 누비던 추억들
빛바랜 필름 되어 힘들게 돌아가고 있다
지금도 이름 석 자의 흔적이 남아있을 00초소
희미한 발자취를 더듬으면서
그곳에 가보고 싶다
언제인가 환희의 날이 찾아오면
낡은 막사 피와 땀과 전우애를 묻어둔 그 자리에
사랑하는 부하들 불러 모아 얼싸안고
눈물로 온몸 적시며 큰 소리로 실컷 울어보고 싶다. 밤이 새도록,
"초연이 쓸고 간 깊은 계곡 깊은 계곡 양지 녘에———"
비목을 열창하며,
그 기쁨을 무슨 수로 어떻게 나타낼 수 있단 말인가

백암산아!
그날을 담보해 줄 수 있겠니
그때를 기약해 주겠니.
만날 그 날을 고대하면서
너 역시 잊지 못하고 무척이나 사랑하고 있단다. 백암산아

보훈의 달 6월을 맞아

아침 햇살

겹겹이 쌓인
어둠을 헤치고 나와
가쁜 숨 고르며 펼치는 風切羽(풍절우)
아침을 활짝 연다.

日常에
훨훨 불 질러 놓고는
산화해 버린
아침 햇살

용광로가
서서히
달구어 간다.
점점 더 뜨겁게,

老松 한 그루

비 오는 날 바람 부는 날
솔잎 사이로 새어나는 신음
때로는 온몸을 가누지 못하는 몽유병 환자
생사를 넘나들던 고통의 몸부림을
떨쳐버리지 못하고 살아온
긴긴 세월

한쪽 팔 잘려나간 자리는
아직도 흐릿하게 흉터로 남아있고
비바람이 훑이고 지나간 등허리 흔적들은
영락없는 늙은 거북 등이다
지난 세월을 보며
억척같은 기상(氣像)을 읽는다

오늘도
사방 십 리를 보듬고
작은 戰場의 낡은 필름을 서서히 돌리며
그 자리를 고집스럽게 지키고 있는 老松
기다림에 달인이다

산새들이 활개 치고 노래하며
스스럼없이 드나드는 큰 둥지

간택(揀擇)된 자리

공연이
면박이라도 당하고 나면
어깃장도 놓고 싶으련만

아무런 내색도 않고
감정을 추스르며
정해진 길로만 또박또박 가는 너
삶의 우등생이요
道의 表象이어라

네가 있는 곳은
가도 가도
돌고 돌아도 거기
우러러보는 자리
늘 돋보이는 자리다

오가는 사람들의 발걸음을
당기고 늦추고 맞추기 위해
오늘도
원을 그리며 돌고 있다. 그 자리에서,

봄비

밤새
갈증을 달래주는 비가
축축이 내렸다

너무도 기다렸다는 듯
클라이맥스 열정으로 쏟아낸 흔적들
여기저기
파릇파릇
울긋불긋

봄비
봄비는
자연과 음양을 接木시키는 마중물인가 보다

바보 탈을 벗다

오늘이 가면 내일이 오고
봄이 지나면 여름이 오고
때가 되면 해가 바뀌는 것도
모두가 순리인데
내 몸 한구석 떨어져 나가는 것처럼
아까워하고 아쉬워하는 나는
바보인가보다
가는 세월 막을 장사가 없다는 데,

누구에게나 있는 세월이지만
나만이 갖고
만들어가는 세월
내 맘에 품고
다스려 가는 세월
이렇게
세월과 벗하며 늘 함께하면 되는 것을.

이제야 바보 탈을 벗나 보다
깊숙이 눌러 쓰던 탈을,

작은 질서

마을 어귀 산자락을 좀 거슬러 오르면
골짜기에
못생긴 옹달샘 하나 앉아있다

늘 변함없는 모양새에
한결같은 마음씨

노란 잎 붉은 잎
낙엽 몇 장이
엉킴 없이 노 저으며 정답게 노닌다

큰 바위를 미끄러지며 흐르는 하얀 물
작은 돌 틈새로
방울방울 떨어진다

간격에 맞춰
차례대로
똑똑,

늦가을 비

代 이을
씨받이를
順産했다는 생각에
주르르 흐르는 눈물

검게 탄 가슴을
쓸어내리는
안도(安堵)와
기쁨의
눈물이리라

우리가 걸어가는 이유들

날이 새면 해가 뜨고
햇볕에 끌려 하루가 저물어가는
일상의 연속이지만

그래도 늘 가슴을 열고
새것은 맞이하고 오랜 것을 내보내며
밀물과 썰물같이
자꾸 밀려오고 밀려가는 것을 마다치 않는 것은

기다림 속에서 슬며시 다가온 희망이
손에 닿을 듯 말 듯하다 잡히는
짜릿한 성취감과 그 행복
이것이 바로
우리가 지금도 걸어가는 이유일 게다

이 또한
세상에 존재하는 의무요 증표가 아니겠는가

떠 있는 태양은 하나지만
내 것이요 네 것이요
우리 모두의 것이니 말일세,

늦가을 손님

창 틈새로 스며드는 달빛 소리에
슬그머니 일어나 커튼을 젖혔다
둥그스름한 달이 빙그레 웃으며
아기 구름 불러 안고는 어디론가 정답게 흘러간다

달님아
그렇게 쉽게 갈 거라면
왜 내게 곁을 주었니
———아무 대꾸도 없이 저만치 가고 있었다

창가에 기대선
낡은 감 나뭇잎 몇 장이
바람과 승강이 벌이고
가을 끝자락을 붙잡고 울어대는 귀뚜라미
허한 가슴 만들어 놓았는데
옷깃을 헤집고 파고드는 싸늘한 바람이
겨울을 재촉하며 못질해댄다

오늘도 이렇게
적막 속에 꽁꽁 묶여
부질없이
하얗게 밤을 지새우려나 보다

그림자

어느 때는 우쭐해지고
때론 움츠러든다.
찰거머리같이 따라다니며
사사건건 참견해
때로는 퍽 성가시지만.

그래도
있어도 없는 것 같고
없는 것 같으면서 있는 너는
안내자요 보호자다

40여 년을 함께한 아내의 사랑과 믿음보다
더 크고
질기고
튼튼한 올가미를 지니고 있는 너

못처럼의 외출인데
오늘도 너는
철석같이 붙어
좌우 앞뒤를 돌아보며 동행하고 있구나.

설렘

구불구불
실개천 따라 흐르는 버들피리 소리
만개한 꽃들의 향연

새벽안개처럼 여울져 퍼져가는 향기에
기다리던 임인 양
다투어 대문 나선 아낙네들
밭두렁에 소복이 모여 앉아
소쿠리 속 남겨둔 채 해가는 줄 모르네

연분홍색 넥타이 휘날리며
읍내 자주 드나들던 윗동네 영식이
요새는 휘파람 불며 으스대며 지난다.
올해엔 국수를 주려나

아지랑이 피어오르던 날
꽃반지 끼워주며
소꿉장난하던 옆집 순영에게
꽃향기 바람에 실려 보낸다
그곳에도 꽃향기 날겠지

지금쯤
그 때를 생각하고 있을까 나처럼,

봄 나그네

바람아 봄바람아
네 고향이 이역만리 남쪽이라 했지
크게 싸 울러 멘 봇짐
조금씩 풀어 놓으며
산 넘고 물 건너 머나먼 길
마다치 않고 찾아 왔구나

바람아 봄바람아
내 임께로 살며시 다가가서
봄 씨 꽃씨 넌지시 뿌려주어
냉기 서린 가슴에 따사한 불 지펴주고
그 온기 내게로 한 아름 안고 오면
허한 가슴에 봄이 꽉 차겠구나

이 동네 저 동네 온 동네
봄바람 꽃 바람 농익으면
벌 나비들 향연을 베풀 텐데

풍채 좋은 나그네
아쉬움을 접어둔 채, 벌써
도포 자락 휘날리며 갈 채비하고 있네

온 길도 멀었는데
갈 길은 또 얼마나 멀꼬

견줄 수 없는 사랑

구름처럼
덧없이 흐르는 세월이 미워서
뒤적이며 잠 못 이루는 긴긴밤
이따금
치근대기도 하지만

오솔길 따라 사뿐사뿐 새겨 놓은 발자국
파란 하늘에 수놓은 그림도
선율따라 피어오르는 찻집의 향기까지도
그저 人生 旅路에 얹혀가는 副産物이려니 했는데,

무엇과도 견줄 수 없는
마음으로 팔고 산 비싼 사랑이었음을
새삼스레 알았다
점점 더 가까이 다가오는
내일의 사랑이라는 것을

Control의 미학

구름을 끌고 온 바람이
가랑비 타고 내려와 갈증을 달래주더니
수양버들 흔들흔들 춤추듯 시원스레 뿌려대는 빗줄기
메말라 애타던 草地를 해갈시켜준다

이만하면 될 법도 한데
굵어진 빗방울이
창문을 마구 때리며 흔드는 바람에 얼른
마을 앞들로 나가 물꼬를 트고 고랑을 두루 매만졌다

축동 밖 버드나무 몸부림과 울부짖음에도
아랑곳하지 않고
더욱 세차게 쏟아 붓는다. 작은 토네이도 같다
어둠이 겹겹이 쌓였는데,

옆집 논둑이 터지더니
점점 더 무너져 내려 벼들이 허우적대며 물에 잠긴다
세를 불려가는 水力
다른 논까지 덮칠 기세다

아 긴 긴 밤마저 지새려 하는가
Control의 미학이여!

맘속의 눈물

눈물 훔치는 엄마를
무덤덤하게 바라보는 것은
이 엄마를 무척이나 사랑하기 때문일 게다
엄마가 너를 사랑하는 것보다 더 많이,

축축하게 젖은 베개를 옆으로 밀어놓고
슬그머니 일어나 창가에 기대섰다
이방인이 되어버린 나를
꽁꽁 묶고는
영혼까지 농락하는 네온 불

지금도 내면에는
뜨거운 눈물이 온몸을 휘감고
쉴 새 없이 흐르고 있는데,

곤하게 잠자고 있는 아들을
어느 틈에
살포시 품에 안고는
볼맞춤하고 있다

겨울밤 그 소리

문틈으로 쏜살같이 달려드는 칼바람에
얼른 화롯가로 바짝 다가앉는다
잠자리에 들 시간이 훨씬 지났는데
내 귀는 어느새
마을 어귀 골목 모퉁이에 나가 쫑긋해 있다
희미하게 들리더니 점점 가까이 다가온다
그리고 아주 가까이,

책상 위 나무쟁반을 잽싸게 잡아들고
방문은 반쯤 열어놓은 채 대문을 박차고 나갔다
쟁반에 담긴 따뜻한 찹쌀떡
목도리를 두툼하게 두른 아주머니의 내 젓는 손짓에
가슴에 폭 감싸 안고는 단숨에 뛰어 들어왔다
찹쌀떡이요 찹쌀떡 하는 소리가 아스라해지자
감칠맛이 화롯가를 몇 번이나 맴돈다

촐촐함을 달래주던 그 소리
정겨워 기다려지던 그 소리
빠른 세월속에 묻혀 버린 지 꽤 오래다
잠 안 오는 긴긴 겨울밤이면
더러 그 추억을 살며시 꺼내 들고는
몇 번씩이나 빈 입맛을 다신다

인생결산 等式

바람이 불면 나뭇잎이 흔들리고
시냇물이 흐르면 졸졸졸 소리 내는 것도
자연의 이치요
이에 順應함인데

富에 익숙하고 사치에 능하며
권세를 손에 쥐고
또 매달리며 산다 한들
하늘에서 내려다보면 그야말로 하찮은 일인데,
어차피 빈손으로 왔다 빈손으로 가는 게 인생이거늘

황혼이 미끄러져 사라지려는 순간
종점에서 받아든 결산서에 아무것도 없는 영(0)이었다면
그야말로
참삶을 살아온 증표가 아니겠나

+, −, = 0의 等式은
마지막 관문통과를 위한 열쇠요 또한 빗장이 될 것이니
아등바등 아귀다툼하며 사는 것도
다 부질없는 일이고 갈 때는 짐만 될 것이네

그저
등식에 늘 순응하며 사는 것이
어울려 사는 사회에 대한 道理며
자연에 대한 고마움이라
사는 동안이나 갈 때나 아무 탈이 없을 것이니
괜한 고생일랑 말고 그렇게들 살다 가게나
등식대로 말일세,

응어리

초등학교 시절
막무가내 고집과 성화에 못 이겨
읍내 5일 장날
텃밭에 심은 고구마며 강낭콩이며 이것저것 챙겨
하얀 운동화 하나를 장만해 오시다가
뒷산 비탈길
그루터기에 걸려 넘어져 크게 다치셨다

20여 년 전 세상을 떠나실 때
그 상처가 남긴
무릎에 움푹 팬 흉터를
끝내 털어내지 못하고 그냥 가져가셨다

세월이 꽤 흘러 잊힐 만도 한데
가슴 한쪽에 단단한 멍울로 맺혀져 있다
이따금
형제들이랑 희끗희끗한 머리를 맞대고
두레상에 모여 앉는 날이면
더욱 거세게 내 가슴에 못질해 댄다

언제나 풀릴 수 있을는지
어머님과 그 흉터가 늘 기억 속에 살아 있으니 말이다

봄의 마음

남아있는 겨울을
씻어내는 봄비가 내렸다

긴 잠에서 깨어나 대지를 들썩이는 거친 숨소리
가까스로 얼굴 내민 가냘픈 새싹들
칼바람 이겨낸 목련나무 표피 가르는 소리－－－

아 －
왜들 봄의 아름다움만을 노래하는가
여기 이렇게
산고(産苦)의 고통소리가 들려오는데,
삶에 대한 애착이 눈물겨운데,

차라리
마을 어귀 산자락에 나가
양 귀 막고는
어머니 맘으로 오는 봄을 둘러보련다.
그리고
따뜻이 품어주련다

零時의 종소리

백사장 모래알만큼이나 많은 생각을 쏟아내
가다듬고
심고
가꿔오면서

버릴 수 없는 것들을 추려서
봇짐 하나 만들어지고는
건너야 할 강가에 當到해
파도처럼 밀려가고 밀려오는
人波 속에 있다

종소리가 울린다
물결이 원을 그리듯
은은하게 널리 널리 퍼져간다

아쉬움일랑
미련도 내려놓고
새해를 맞으라는 소리다
희망을 찾으라는 소리다

미지의 세계로
기대와 설렘을 안고서
징검다리를 조심스레 내디딘다.
또 다른 시작을 위해

배웅하던 종소리 餘音마저 아스라하다

冬將軍

대지를 꽁꽁 얼려놓고는
멀쩡한 사람까지 곱사등이로 만들고
기세등등하게 버티고 있는 너는
도대체
누구란 말이냐
어디서 왔단 말이냐

전생에 무슨 연(緣)이 있었기에
매년 이맘때면 찾아와서
이 고통을 주느냐 말이다
반기는 이 하나 없는데,

원성이 쌓여서
네 몸을 밀치고 세상 밖으로 나가는 날
아무 미련 없이
시원하게 네 고향으로 보내 주리라

그날을 고대하며
이 겨울
네 기세와 심술에 내 고집으로 맞서 보련다

만나야 할 당신

그립고 보고 싶은 당신
올 듯이 보일 듯이 애만 태우는 당신
어디에 있나요
어디쯤 오고 있나요

남들이 다들 잠든 사이
살며시 와서 깜짝 놀라게 하려는 건가요
훤한 대낮에
보란 듯이 步武도 당당하게 오려는 건가요

운명만으로 돌릴 수 없는 우리 사이이기에
밤낮없이
무던히도 기다렸지요
너무도 오랫동안을 떨어져 있었으니까요

비록 많은 날이
세월에 힘겹게 이끌려온다 할지라도
기꺼이 鶴首苦待 하렵니다
우리는 만나야만 되니까요
두 손 꼭 맞잡고 함께 가야만 하니까요

대문 빗장 치지 않고 기다릴 게요 어서 어서 오세요.

詩의 代名詞

떨어진 낙엽도
나뒹구는 돌멩이 하나도
무심코
헛되이 지나치지 않는다

보고 또 보고
곰곰이 생각하며
마침내
찾아낸 詩料(시료)

匠人精神으로
짓고 헐고 다시 지어
쇳내가 나도록
갈고 닦고 다듬어서 만들어낸 제품

바로 특허품이다
出現者
認證書를 공동 담보로 하는
특허품이다

오선지 없어도 노래가 흐르고
도화지 없는데 그림이 보이는

누구도 흉내 낼 수 없는
종합예술의 특허품이다.
시는,

가을 우산

현관문을 나서자 빗방울이 떨어지고 있었다
짜증스럽고 감질나게
몇 방울씩 찔끔찔끔
그렇게

한 시간여 동안
오다가는 그치고 또 오고 꽤 혼란스럽더니
짙은 구름 사이 파란 하늘이
몇 줄기 햇살을 쏟아 낸다

군데군데 희미한 흔적만 남겨 놓고 그쳤지만
지나는 검은 구름 떼들이 여전히 을씨년스럽다
폈다 접었다 들고 끌고,
몇 시간 만에 집에 돌아온 우산

짓궂고 변덕스러운 날씨 때문에
가끔 迷兒가 되고
오늘처럼 애물단지가 되기도 한다
가을 우산은,

山寺의 가을

부는 바람이
가을을 훔쳐 가고
나뒹굴며 밟히는 낙엽들이
가을의 깊이를 말해준다

울긋불긋 비단 치마 곱게 두르고
다소곳이 앉아 있는 山寺
스님의 목탁소리와
밤새 애간장을 태워 흘러내린 촛불에서
엄마들의 마음을 읽는다
등 뒤에는
오가며 들린 등산객들이
조용히 合掌으로 마음을 내려놓고 간다

짙어가는 가을
산사는
간절한 바람과
지극한 정성을 한껏 보듬은 채
점점 고요 속으로 묻혀가고 있다

어떤 症候群(증후군)

시간이 빨리 갔으면
세월아 어서어서 가거라
넋두리하던 학창시절을 떠올린다

수십 년이 지난 지금은
덧없는 세월을 무던히도 원망하면서
푸른 하늘에
여유롭게 떠가는 한 송이 흰 구름만 보아도
저절로
휴 – 하는 한숨이 새어 나온다

바람이 고운 달빛을 한 아람 안고 와
창문을 넌지시 흔들어 댈 때는
가슴 한쪽이 휑하여 허무함으로 채운다

곱게 치장한 낙엽들이
끝내는
쇠진되어 스스로 가고야 마는 것을,
붉게 타던 저녁노을이 점점 수그러들며
조용히 서산 너머로 사라지는 것을 바라보면서
내일을 스케치해 보며
하루의 마침표를 찍곤 한다

지금도
세월은
보이지도 않는데
밀고 끌며 달아나고 있으니 말이다

작은 소리

새벽이 눈 비비기 전 세상으로 나선다
지난밤 방황하던 찬바람이
나를 웅크린 공룡으로 만들어
어기적거리는 몸짓으로 전철에 오르자
기척도 없이 사라진다.
몇몇 사람들은 저마다의 모습으로 잠에 취해 있다
아직은 좌석이 넓어 넉넉한 마음에
잠시 눈을 붙여본다
내 순번을 부르는 소리에 습관적으로 일어나
따뜻하게 더워진 자리에 아쉬움으로 남겨둔 채 내린다

자라목으로 양 주머니에 손을 넣고 가는데
골목 모퉁이 슈퍼 문이 열린다.
"드르륵"
어제와 같은 시간이다
黎明을 부르는 소리다

밀치고 밟히며 스쳐 지나고
서로 만나 시시덕거리고
술잔 기울이며 머리 맞대고 진지하게 고민하고
그러다가
어김없이 달력의 하루를 지워야 하는 일상(日常)속에서
희망을 찾고 행복을 스케치하라는 소리다

골목길 집 앞에 놓였던 신문들이 자취 감추고
청소차가 남은 어둠을 쓸어 담고 휑하니 사라지자
해장국집 불빛이 뿌연 출입문 사이로 얼굴을 내민다
지난밤 짧은 인생의 한 켜를 쌓아온 젊은이들이 푸석하다
새벽바람이 스쳐 간 골목 어귀에는
목도리에 반쯤 얼굴을 묻은 커피 아줌마의
잔돈 세는 손이 퍽이나 재다
도시의 새벽은 늘 이렇게 열린다.
언제나 작은 소리로

줄다리기

영차 영차

만남과 헤어짐
사랑과 미움
행복과 불행

서로 끌고 당기는 인생

어울림 인내 열정 땀방울로 엮인 旅路

영차 영차
우리는
줄다리기 인생

꿈

빤짝이는 별처럼 많고
하늘만큼이나 높고 컸었지

喜怒哀樂이
부딪치며 남아있는
일상 속에서

잠시도 놓을 수 없어
꼭 움켜잡고 있는 밥줄
비좁은 공간에서도
넉넉한 마음으로 살아가는 사람들
우리네 삶의 대강 줄거리인데

빛바래고 일그러진 풍선은
손끝에 닿지도 않은 채
세월에 끌려
저만치 떠가고 있다
바람 가듯이

비오는 날의 斷想

창밖에 쏟아지는 무심한 빗줄기
오늘에 족쇄를 채운다

하는 수 없이
단상(斷想) 외출이라도 해야겠다

雨中에 떠나보는 산행
세상이 물매를 맞아 모두가 축 처져 있구나

무작정 떠나온 기차여행, 창가에서
천연색 영화로 일상들을 들여다본다

오랜만에 만난 친구들
부딪치는 술잔 속엔 어제와 오늘 내일이 섞여져 술맛을 더하고

보고 품에 단발에 달려가 본 누님
잔잔하게 주름진 얼굴 옛 생각에 울컥한다

피리 소리 버들치 송사리 있던 고향의 냇가로 달려가
동무들과 어울려보는 그 재미도 찾아내고,

유리창에 그려지는 수채화는
이름난 어느 화랑 못지않다.

그래
차라리, 하염없이 내리는 비가 고마울 뿐이다

벽에 걸린 시곗바늘만이 조용조용 돌고 있을 뿐
아직도 내 역마살은 진행형
영화관, 실내골프장, 헬스--

친구에게

친구야
어떻게 지내고 있는지 연락이 통 닿지를 않네
왜 연락이 없는 건가 궁금하네
퍽 보고 싶구먼

우리가 만나 술잔에 쏟아 부은 시간이 얼마인데
술잔에 띄어 마신 인생담이 지금도 잊히지 않는데
그 추억 버릴 수 없어 우린 만나야 하네

그 알량한 자존심 때문인가
사업의 실패?
그거 인생을 살다 보면 누구에게나 한두 번은 있는 것이네
근심 걱정 또한
크고 작고의 차이일 뿐 누구에게나 있는 게 아닌가
그런 것이 없다면 인생살이가 너무도 無味乾燥하지 않겠나,
이 사람아

우리 서로 얼굴 좀 보자고 많이 변했을 테지
난 자네를 만나면 술이 하고 싶어
소주 몇 병과 오징어 한두 마리는 늘 주머니에 넣고 다닌 다네
금방이라도 연락이 올 것 같아서 말일세
소주면 어떻고 양주면 어떻고 또 막걸리면 어떤가? 우리 사이에

가는 세월 너무도 아까워 어서 만나야 하네
잡아 둘 수도 없지 않나

친구야 기다리고 있겠네.

손녀와 할머니

검은 비닐봉지 몇 개 싣고는
함박웃음 지으며 언덕길을 오르신다
내일이 우리 손녀 야외 학습(소풍) 가는 날이라고,

폐지며 빈 상자 음료수병 알루미늄 캔———
웬만한 壯丁(장정)이 끌어도 힘겨울 만큼 잔뜩 실렸었는데
고작
과자 몇 봉지 음료수 캔 몇 개
얼마 안 되는 찬거리가 할머니 네로 가고 있다

차곡차곡 쌓인 재활용품에다
한숨도 풀어놓고 희망으로 꽁꽁 묶인
작은 집채만 한 손수레

그래도
차면 찰수록 많으면 많을수록
오히려 힘이 솟는다는 할머니
연신 흘러내리는 사랑의 땀방울이 앞에서 끌고
앙증맞고 고사리 같은 효심이 뒤에서 밀고.

볼 적마다 찡함이 가슴에 와 닿는데
오늘도 손수레는
선창 후창 노랫소리에 덩실덩실 춤추며 간다

낮잠

점심을 먹고 나면
늘 최면술에 걸린 듯
온몸이 나른하고 스르르 눈이 잠긴다
나른한 봄이면 더하다

불과 20~30분 짧은 시간인데
청량음료를 마신 듯 개운하다

하루를 다잡을 수 있는
배터리 재충전이요
연료의 보충이다

적은 투자로 가히 계량화할 수 없는 효과
내가 낮잠을 좋아하는 이유다

가을 뜨락

아직은
따사로운 햇볕이 뜨락에 그득하다

고추는
제 몸 검붉게 타들어 가는 줄도 모르고
여전히 악착스럽게 햇볕을 바치고 있다

멍석에 수북이 널려있는 콩꼬투리들은
간간이 괴로움을 내뱉으면서도
스스럼없이 입은 옷을 벗어 던진다

제멋대로 생긴 고구마들
널브러진 채 일광욕이 한창인데
옆에 있는 호박들은 열 지어 모여앉아
누런빛을 발하며 탐스러우므로 마주한다

넓게 펼쳐져 있는 나락은
은은한 금빛으로 곱게 물들어가고
이따금 찾아오는 참새 몇 마리에 인색지 않다

이렇게 가을 뜨락에는
거둬들인 작물들이 햇살에 줄줄이 탐스럽게 매달려
알토란 같이 영글어 가고
툇마루 아래
햇볕을 덮어쓰고 낮잠 자는 누렁이도
덩달아
토실토실 살쪄가고 있다

중년의 사랑인가 바람인가

잊으려 해도 잊히지 않고
더욱 가까이 다가와
달 보며 그대 모습 그리고
바람소리에서 고운 숨소리 찾으며
적지 않은 그리움으로
가슴 한구석이 해져 있는데

만나면
아무 일도 없었던 것처럼
아무렇지도 않게
따뜻하고 구수한 차 향기 속에서
지난 인생에서 아름다움 찾아 서로 웃고
가야 할 길 이야기 하면
서글프다며 입 막아주는 여인

헤어질 땐
하고 푼 말 아끼며
손 살짝 흔들고 그냥 돌아서는 친구 같은 사이

언제나 만날 수 있고
넘침이 없이
이야기 엮어가며 나누고 채우는 너와 나

오늘도 손 흔들며 헤어져
한쪽은 전철역으로
다른 한쪽은 버스정류장으로 가고 있다

늘 이렇게, 전에도 그랬듯이

미완성 행진곡

창가에
달님이 잠깐 기웃해도
바람이 스쳐만 가도
마음은 어느새 그녀 곁에 있다

마음속에 챙겨둔 생생한 사진들을
슬며시 들춰내 만지작거리면
어느새 마음까지도 퉁퉁 뛴다

오랜만에 만나
한강 가로 발길을 옮겼다
일상을 탈출해 하루를 서로 위로받으며
기다리고 있는 듯 벤치 빈자리에 나란히 앉았다
호화로운 네온 불들을 한껏 안은 한강은
잔잔한 물결 위에 금빛을 명멸하며 쉬지 않고 흐른다

시간이 좇아와 시샘하고
알지 못할 주눅에
할 말을 꽤 많이 가져왔는데도
다 풀어보지도 못하고 오늘도 마감한다

붉은색 선으로 끝없이 이어졌던 88도로가 숨을 고를 때쯤
말없이 두 손으로 힘주어 잡아끄는 그녀를 따라 일어섰다

가볍게 손 흔들며 헤어져 가다 뒤돌아보며
제각기 버스정류장으로 전철역으로 향했다
오늘도 예전같이,

미완성 마침표

둔기로 뒷머리를 심하게 맞은 듯
恐慌(공황) 속으로 밀어 놓고
건네준 선물
하얀 수건에 조심스레 몸을 싸서 가슴에 품고
따뜻한 체온이 전달되기도 전에
침대에 눕혀 달라는 것이다

눕자마자 이내 깊은 잠속으로 들어가
가냘픈 숨소리만 내 가슴을 아리게 한다
그래, 살을 에는 듯한 고통
삶에 대한 원망 두려움과 고독
차라리 깊은 잠에 취해 오래 있었으면 좋겠다
삶을 토막 내 칸막이 속에 가둬둔 채
억지로라도 消盡(소진)되기를 기다려야 하는 운명 앞에
견뎌낼 장사가 어디 있으랴

한강 변 반겨주던 벤치는 가시방석이고
마음을 사로잡던 황금 물결은
험상궂은 표정으로 내 가슴을 마구 때리며
눈까지 희미한 꺼풀을 씌워놓고는 모른 척 바삐 지난다
몸 한구석 생채기만큼도 생각지 않고
보듬어주지 못했던 罪價치고는 너무도 하찮지만
철퇴를 맞는 아픔으로 와 닿는다.

그렇게 가면 어떻게 해
사랑한다고. 사랑한다니까!
쉽게도 터져 나오는 말을
왜 지금까지
참아왔는지, 아껴왔는지,
흘러가는 구름에라도 실려 보내야 그나마 직성이 풀릴 것 같아
몇 번이고 소리쳐 보았다

아무 부질없는 짓인지 알면서도
못난이처럼,

늦게 핀 장미 한 송이

제철이 다 지나서
장미꽃 한 송이 곱게 피었네

먼저 진 꽃에 부족한 사랑이 限이었나
되 늦게 장미꽃 한 송이 예쁘게 피어났네

아침마다 수정같이 맑은 물로
혼자 단장하고 싶어 느지막이 홀로 피었나

수줍어 짙은 紅顔(홍안) 감추려고
집 모퉁이 울타리에 다소곳이 기대서있네

오가는 이들 눈 맞춤하다
아쉬움 남겨두고 손 흔들며 돌아서네.

늦게 태어난 장미꽃 한 송이
기쁨도 두 배 사랑도 두 배 내리사랑일세.

행주 나루터

작은 물결 유유히 흘러가는 강물 위에
작은 고기잡이배 몇 척이
살랑이며 주위를 맴돈다

공암진 이산포 나루를 오가던 돛단배들
흔적도 없고
기억도 가물가물 한데
그나마
모퉁이에 허름하게 남아있는 주막집에서
술잔을 부딪치며 추억을 캐낸다

세월을 바꿔 탄 집 주위에
호화로운 불빛들이
다툼하며 여기저기 내 걸리면
어름 한 곳에 쭈그려 앉아 있던 나루터는
옛날을 보듬은 채
오늘도
남몰래 설움을 삼킨다.

노래하는 老夫婦

퇴근길 옆 가로수 벤치에
나란히 앉아 노래하는 할머니 할아버지
손뼉 치고 머리로 웨이브까지 하며
노래하는 팔십을 훨씬 넘긴 노부부

나의 살던 고향은 꽃피는 산골――
그 속에서 놀던 때가 그립습니다
무엇이 이토록
사흘이 멀다 하고 노래를 부르도록 하는 걸까
노래하다 한참을
떠가는 구름에 긴 한숨을 실려 보낸다

얼마 안 되는 흰 머리카락에
이리저리 얽혀진 낯살
많이 퍼져있는 검버섯들
옆에 걸쳐져 있는 짧고 긴 지팡이

지난날의 至難(지난)한 삶을 읽는다
아마도
암흑 같은 긴 터널을 헤쳐 나오며
옹고집으로 桎梏(질곡)의 세월을 살아온
우리 부모님들의 흔적일 게다

그 노래 소리는
아직도 우리 가슴속에 앙금으로 남아있는
限을 쏟아내는 소리요
애절한 간증의 기도 소리리라

무궁화 무궁화 우리나라 꽃 삼천리강산에 우리나라 꽃 ––
아주 어릴 적 부르던 노래들이지만
언제 들어도 새롭고 애틋하게 다가와
내 마음을 한없이 저리게 한다

노부부의 노랫소리가
우리 곁에 오래 오래 남기를 바라며
오늘도 노랫소리의 조용한 배웅을 받는다

생 명 줄

파란 옷 입고
목발
휠체어
폴 대
침대에 의지하며 왔다 갔다 하는 사람들

고통의 크고 적음이 다를 뿐
꽉 잡고 느슨하게 잡은 것이 차이일 뿐
모두가 생명줄을 잡고 매달려 있다

나 역시
생명줄을 잡고는
오지 않는 잠을 달래며
파란 손 핏줄에 연결된
노란 약물 봉지가 대롱대롱 매달린 폴 대를 밀고
이따금 차량 빛이 스치는 창가에 기대앉았다

분주히, 여유 있게 오가는 사람들이며
쉴 새 없이 불을 뿜으며 내 달리는 차들
싱그러운 푸른 초록선 넘어 평온하게 잠든 아파트
맑은 하늘에 유유히 구름 싣고 떠가는 노란 돛단배
어느새 가슴이 아려온다

파란 옷 입은 그 사람들과
함께 생활하며 지낸 2박 3일은
살아온 세월에 비하면 촌음보다도 짧지만
내 인생 나이테에 또렷하게 방점을 찍었다

간호사 의사들이 침대 하나를 에워싸 밀면서
황급히 엘리베이터 문을 여닫고 사라진다

이웃집 동이 총각의 마음

밤늦도록 컴퓨터와 씨름하며
이 잡듯 뒤져봐도 문전박대뿐이지만
그래도
내 면면을 훑어보는 몇몇 집이 있어 그나마 위안이다

눈 비벼 뜨고 일어나보니
햇볕이 얼굴에 냅다 간지럼 태우며
방안에 잔뜩 진을 치고 있었다

예나 다름없이 뒷산에 올라앉아
크지도 않고 허황한 꿈도 아닌, 한 가지 소원
한아름 안고 있는 푸른 하늘에 넌지시 맡겼다
휴 - 내뿜는 한숨 소리에 나뭇잎이 살랑이고
연거푸 해대는 긴 심호흡에 나뭇가지가 흔들린다.
무거운 짐 훌훌 털어놓고 내려오면 좋으련만,

걸음걸음마다 심정 떼어 심으며 조심스레 내려왔다
바람도 찰 텐데 어디를 갔다 오느냐는 말씀에
차마, 그 찬바람을 내가 몰고 다닌다고 말씀드릴 수 없었다.
당장 오늘이라도
아니면 내일이고 언제고 꼭 기별이 오리라는 기대감 때문이다

그날이 오면
이제부턴 따뜻한 바람만 불게 해 드릴게요. 하며
두 손 꼭 잡고 신나게 덩실덩실 춤을 추고는
내 품에 꼭 안아드리고 싶다

얼마나 춥고 손발이 시리실까

제목 : 이웃집 동이 총각의 마음
시낭송 : 김지원
스마트폰으로 QR 코드를 스캔하면
시낭송을 감상할 수 있습니다.

125

이렇게 보내야하나!

너와 내가 연을 맺은 지가 벌써 10년이 훌쩍 지났구나!

그동안 나를 위해 우리 가족을 위해 정말 수고가 많았다, 내가 요로결석으로 쩔쩔맬 때 명지병원 응급실까지 구급차 역할을 해 주었던 일은 정말 잊히지 않는구나.

집에 온 손님을 마중할 때도 배웅할 때도 늘 나와 동행해 주었지. 영덕, 울진, 동해, 강릉, 속초, 거진을 거쳐 미시령으로 가족을 태우고 긴 여행을 했을 때 얼마나 피곤하고 힘이 들었었니? 네가 내색은 안 하지만, 낮에는 물론 늦은 밤에도 잦은 운행으로 짜증도 났으련만 불평 한마디 않고 묵묵히 늘 함께 해준 네게 미안하고 감사할 따름이다.

그뿐이니?

눈 쌓인 어느 추운 겨울날, 너와 함께 외출하려고 하자 시동이 잘 걸리지 않아 외출을 포기한 적도 있었지. 아마도, 의도적이고 사려 깊은 너의 마음이었겠지.

나중에 알고 보니 실내등을 켜놓아 방전된 것이었지만, 그런데 뜻하지 않게 이렇게 영영 너와 이별을 해야 한다니 정말 안타깝고 가슴이 아프다.

2년 전 봄, 나의 잘못(?)으로 네게 큰 아픔과 상처를 주었었지. 방어운전을 해야 했는데 그만--- 물론 즉시 주치의한테 가서 치료를 받고 정성껏 정형수술도 했지만, 너도 알다시피 예전 같지는 않았지 않니? 그 후로는 힘도 제대로 못 쓰고 자주 아파했지.

그럴 때마다 병원을 찾아 여기저기 진찰하고 치료도 받았지만 나날이 쇠약해지는 네 모습에 가슴만 태워야 했단다.

그러다 보니 어느 때는 짜증도 났지만, 너와 내가 함께한 것이 어디 한두 해라야지? 네게 전보다 더 관심을 두고 정성껏 대했던 것을 너도 아마 잘 알 거야.

그런데도 너의 몸은 점점 더 쇠약해져 긴 병치레를 하게 되어 몇 군데 전문의를 찾아가 의견도 들었었지. 그리고는 가족과 상세히 많은 이야기를 나누고는 하는 수 없이 주치의 말을 따르기로 했단다.

우리 가족을 위해 희생과 봉사한 것밖에는 없는데--- 미안하다. 정말 미안하다. 어쩔 수 없이 이별해야만 하니. 우리 운명으로 생각하자. 다시 태어날 수 있어 너와 연을 맺을 수만 있다면 오죽이나 좋겠니?

마음 한 편에 네 이름 "경기45너 3276"늘 간직하고 있을 거야.

언제나 방어 운전!! 그것만은 꼭 지킬 거야!!!

미안하다!! 그리고 고맙다!! 잘 가거라.

작은 소리

경규민 시집

초판 1쇄 : 2016년 2월 26일

지 은 이 : 경규민

펴 낸 이 : 김락호

디자인 편집 : 이은희

기 획 : 시사랑음악사랑

인 쇄 : 청룡

연 락 처 : 1899-1341

홈페이지 주소 : www.poemmusic.net

E-Mail : poemarts@hanmail.net

정가 : 10,000원

ISBN : 979-11-86373-30-9